Flucht, Vertreibung und Neuanfang

In kurzen Geschichten habe ich meine Erlebnisse in der Kriegs- und Nachkriegszeit niedergeschrieben.

Geboren wurde ich in dem romantischen Gebirgsdörfchen Schönwalde in Schlesien.
Der Ort grenzte direkt an das damalige Sudetenland, getrennt durch einen kleinen Fluss.
Meine Kindheit war geprägt von der Liebe meiner Eltern. Sie gaben meiner Schwester und mir stets Geborgenheit.

Mit Ausbruch des 2. Weltkrieges veränderte sich jedoch vieles in meinem noch so jungen Leben.

Gertraude Faber

Flucht, Vertreibung und Neuanfang

- Kurzgeschichten und Gedichte -

Bibliografische Information der Deutschen Nationalbibliothek
Die Deutsche Nationalbibliothek verzeichnet diese Publikation in der
Deutschen Nationalbibliografie; detaillierte bibliografische Daten
sind im Internet über http://dnb.d-nb.de abrufbar.

Satz, Umschlaggestaltung, Herstellung und Verlag:
Books on Demand GmbH, Norderstedt
ISBN 978-3-8391-7528-6

Inhalt

Flucht ins Ungewisse

Es begann der 2. Weltkrieg und mein Vater wurde sofort eingezogen. Nach 2 Jahren kam er in Gefangenschaft.

Wir hatten das große Glück, nichts von den Wirren des Krieges mitzubekommen.

Kurz vor Kriegsende erlebten auch wir die Grausamkeiten des Krieges.

Meine Schwester und ich waren draußen und spielten. Plötzlich sahen wir in weiter Ferne den Himmel hell erleuchtet und hörten lautes Donnern. Schnell holten wir meine Mutter, die sofort den Ernst der Lage erkannte. Bisher war ja die Gegend vom Krieg verschont geblieben. Das war jetzt vorbei. Es ging alles so schnell. Fahrzeuge der SS-Soldaten kamen in den Ort um uns zu schützen. Sie brachten Flüchtlinge aus Oberschlesien mit. Es waren überwiegend Kinder die ihre Eltern verloren hatten.

Meine Mutter stellte einen Teil unserer Wohnung zur Verfügung.

Die Soldaten berichteten, dass die Front nur 30 km von unserem Ort entfernt war.

Jetzt wurde es ziemlich gefährlich. Schon nach ein paar Stunden mussten sie an die Front, die ja immer näher kam.

Schnell packte meine Mutter ein paar Sachen ein, dann liefen wir zum Bahnhof, der im Sudetenland war. Wir hatten großes Glück, dass noch Züge fuhren. Unser Ziel war Karlsbad, da meine Mutter diesen Ort kannte.

Wo die Flüchtlinge aus Oberschlesien geblieben sind, weiß ich nicht. Ich war ja noch ein Kind, und habe einiges nicht mitbekommen. Meine Mutter kann ich nicht fragen, da sie nicht mehr lebt.

Nach längerer Fahrt erreichten wir Karlsbad und bekamen hier auch eine Unterkunft.

Im Moment fühlten wir uns geborgen. Es sollte aber nicht lange dauern. Der Krieg holte uns ein. Plötzlich fuhren Panzer durch die Hauptstraße in der wir wohnten. Es war das Kriegsende und es spielten sich schlimme Tragödien ab. Aus den Fenstern hingen weiße Laken, da die Stadt sich ergeben hatte.

Jetzt mussten wir, wie auch die anderen Flüchtlinge, in unsere Heimat zurück.

Rückkehr in die Heimat

An einem großen Ort versammelten sich alle Flüchtlinge. Es waren überwiegend Frauen mit Kindern. Jetzt ging es Richtung Heimat. Jeder hatte einen Handwagen mit etwas Gepäck.

Es war ein langer Treck.

Plötzlich löste sich ein Rad von unserem Wagen und wir blieben zurück. Trotz sofortiger Hilfe konnten wir den Treck nicht mehr einholen. So mussten wir uns allein durchschlagen.

Jede Nacht eine andere Unterkunft. Meistens schliefen wir in einer Scheune. Das Laufen fiel uns schon sehr schwer. Meine Mutter munterte uns immer wieder auf und stimmte Lieder an.

Kurz vor unserem Heimatort wurde es noch einmal gefährlich. Plötzlich sahen wir einen großen Menschenauflauf und erblickten Soldaten mit einem Gewehr. Meine Schwester und ich hatten große Angst und fingen an zu weinen. Wir wurden von unserer Mutter getrennt.

Für uns brach eine Welt zusammen. Es waren schlimme Momente und wir fühlten uns so allein. Fest hielten wir uns an den Händen damit uns keiner trennen konnte.

Zum Glück war unsere Mutter nach einer Stunde wieder bei uns. Was sie in dieser Zeit erlebt hat blieb ihr Geheimnis. Nie hat sie darüber gesprochen. Wie stark meine Mutter in diesen so oft schwierigen Situationen war, kann ich erst heute erkennen. Als Kind nahm man alles anders auf. Unsere Freude war groß, dass wir wieder zusammen waren.

Weiter ging nun unsere beschwerliche Rückkehr. Ich erinnere mich noch genau, dass ich einfach nicht mehr laufen konnte. Die letzten Kilometer durfte ich mich auf den Handwagen setzen, der von meiner Mutter und meiner Schwester gezogen wurde. Es dauerte nicht lange, da erblickten wir unser Zuhause. Die Freude war riesig. Was uns allerdings jetzt erwartete, damit hatte keiner gerechnet.

Leben in Unfreiheit

Deutschland hatte den Krieg verloren und damit auch die Freiheit. Schlesien stand ganz unter polnischer Herrschaft. Die Deutschen waren nur geduldet. Am Arm musste jeder eine breite, weiße Binde tragen. Es war eine richtige Demütigung. Meine Schwester und ich konnten alles nicht so richtig begreifen. Unsere Mutter erklärte es uns ganz vorsichtig, warum wir so unterdrückt wurden.

Unser Vater fehlte uns sehr. Er war ja in Gefangenschaft und es kamen auch keine Briefe mehr.

Das Leben unter polnischer Besatzung wurde immer schwieriger. Ich erinnere mich noch genau über eine für mich schlimme Situation. Stolz fuhr ich mit meiner Puppe im Puppenwagen vor unserem Haus spazieren. Plötzlich kam ein polnisches Kind und nahm mir die Puppe aus dem Wagen. Ich weinte bitterlich und lief zu meiner Mutter. Sie konnte mir allerdings auch nicht helfen. Wir hatten eben den Krieg verloren und wurden somit unterdrückt. Oft kamen polnische Frauen in unsere Küche, machten die Schränke auf und nahmen sich Sachen mit. Meine Mutter stand daneben und musste alles zulassen.

Was man uns allerdings nicht nehmen konnte, war unser großer Zusammenhalt.

Keiner wusste zu dieser Zeit wie alles weitergeht.

Monate vergingen und dann holte uns die Wirklichkeit ein. Wir mussten unsere geliebte Heimat abermals verlassen.

Vertreibung

Es war ein Tag wie jeder andere. Meine Schwester und ich wollten mit unseren Freundinnen spielen. Zur Schule brauchten wir nicht, da wir ja keinen Unterricht mehr hatten. Plötzlich kam unsere Mutter ganz aufgeregt zu uns. Irgendetwas war passiert. Da sahen wir auch schon polnische Soldaten. Nun erfuhren wir, dass wir in wenigen Stunden unseren Ort verlassen mussten. Es ging alles so schnell.

Meine Mutter packte einige Sachen zusammen. Keiner wusste ja, wohin es ging und wie lange es dauern würde. Der ganze Ort versammelte sich in einer großen Turnhalle. Viele Kinder weinten und es herrschte ein völliges Chaos. Wir hatten auch Angst vor den Soldaten.

Nach ein paar Stunden wurden wir zu dem nächstgelegenen Bahnhof getrieben. Das Wort „getrieben" hört sich schlimm an, so war es aber.

Dort angekommen, sahen wir einen langen Güterzug. Die Soldaten zwangen uns einzusteigen.
Keiner durfte widersprechen und eine fürchterliche Angst ging um. Wir Kinder wussten gar nicht was geschah. In einem dunklen Waggon saßen wir nun auf

der Erde oder dem Gepäck. Es wurde ganz still. Nach langer Zeit merkten wir, dass der Zug rollte und los ging die Fahrt ins Ungewisse.

Die Eltern, es waren ja fast nur Frauen, erkannten die Gefahren, die auf uns zukamen mehr als wir Kinder. So passierten auch schreckliche Dinge.

Nach vielen Stunden hielt der Zug. Keiner durfte aussteigen. Plötzlich stand ein Soldat in unserem Waggon und eine junge Frau musste mitkommen. Sie kam nie wieder zurück und der Zug fuhr ohne sie ab. Für ihre Angehörigen begann eine schlimme Zeit. Alle hatten die Situation ja mitbekommen und es konnte jeden treffen. Jetzt verkleideten sich die jungen Mädchen als ältere Frauen, um eine geringe Chance zu haben, nicht mitgenommen zu werden.

An alle schlimmen Situationen erinnere ich mich nicht mehr, da ich ja noch ein Kind war.

Etwas ist mir aber in guter Erinnerung geblieben. Dieses schlimme Ereignis werde ich nie vergessen.

Der Zug hielt und wir durften aussteigen. Nach langer Zeit sahen wir wieder einmal den blauen Himmel. Wir hatten ja lange kein Tageslicht mehr gesehen. Plötzlich wurde es ganz still, man hörte nur das Weinen einer jungen Frau. Ihr Kind war gerade gestorben. Die Soldaten, die den Zug begleiteten, befahlen der Mutter es zu begraben. Sofort mussten wir Kinder wieder in den Waggon. Es müssen sich schlimme Szenen abgespielt haben.

Meine Schwester und ich lagen uns in den Armen. Es dauerte lange bis meine Mutter uns beruhigen konnte. Alle fingen an zu beten. Nach einiger Zeit ging die Fahrt ins Ungewisse weiter.

Immer wenn der Zug hielt dachten wir am Ziel zu sein. Eines Tages war es soweit.

Der Zug hielt und die Türen wurden aufgeschoben. Alle mussten mit ihrem wenigen Gepäck aussteigen. Jetzt waren wir endlich in der Freiheit angekommen. In einer großen Halle wurden wir erst einmal betreut. Jetzt verloren wir Kinder auch langsam die Angst.

Ankunft in der Freiheit

Wir waren zwar jetzt in der Freiheit angekommen, doch keiner wusste wie es weitergeht.

Nach ein paar Stunden wurden wir durch einen Lautsprecher aufgefordert, in eine große Halle zu kommen, um uns registrieren zu lassen

Die Bewohner meines Heimatortes hatten das große Glück, nicht getrennt zu werden. Wir erfuhren, dass wir eine Aufnahme in einem Lager bekommen sollten. So war unser nächster Aufenthalt Wilhelmshaven.

Das Leben im Lager war zwar sehr bedrückend, doch der Zusammenhalt groß. Wir wohnten mit 8 Personen in einem ziemlich kleinen Raum. Die Betten standen übereinander. Worauf ich mich immer freute, wenn abends gesungen wurde. Da konnte jeder den Alltag vergessen.

Für uns Kinder begann nun ein völlig neues Leben. Durch die Wirren des Krieges hatten viele noch keine Schule besucht. So war es auch bei mir. Nun mussten wir zum Schulunterricht nach Wilhelmshaven. Das Lager lag außerhalb der Stadt und es war für uns

Kinder ein weiter Weg. Zu dieser Zeit fuhr ja noch kein Schulbus und wir mussten laufen. Als Flüchtlingskinder hatten wir es auch nicht leicht. Wir waren Außenseiter und bekamen es auch zu spüren.

So vergingen Monate und so langsam kam Unzufriedenheit auf. Unser Vater fehlte uns sehr.

Nun ereignete sich etwas in meinem Leben, das ich nie vergessen werde.

Mein größter Wunsch war, meinen Vater wiederzusehen. Nach längerer Zeit erfuhr meine Mutter, dass er nicht mehr in Kriegsgefangenschaft ist. Wo er war, konnte sie nicht erfahren. In meinem Inneren kam Freude auf. Wichtig für uns war das er noch lebt.

Nun ging die Suche los. Er suchte uns sicherlich auch.

Eines Tages geschah das Unfassbare.

Schon am frühen Morgen lief ich aufgeregt zu meiner Mutter. Ob ich es geträumt hatte oder ob es Eingebung war, ich weiß es nicht. Ich drückte sie fest und sagte zu ihr, dass mein Vater uns gefunden hat und gleich bei uns wär. Sie versuchte es mir ganz liebevoll auszureden.

Traurig blieb ich den ganzen Vormittag im Zimmer. Da ich gern für mich allein vor einem Spiegel Theater spielte, konnte ich mich etwas ablenken. Ich war allein in dem kleinen Raum.

Plötzlich klopfte es an die Tür. Was jetzt geschah, es war unglaublich. Mein Vater stand vor mir. Traumverloren lag ich in seinen Armen. Kurz darauf kamen meine Mutter und meine Schwester ins Zimmer.

Alles was in den nächsten Minuten geschah wird mir immer in Erinnerung bleiben.

Nun wussten wir, dass wir das Lager bald verlassen konnten. Einzelheiten weiß ich nicht mehr, aber mein Vater versuchte schnell eine Arbeitsstelle zu bekommen. Der Lagerleiter half ihm dabei. Eines Tages bekam er ein Angebot aus Essen. Unsere Freude war riesengroß.

Das Warten auf einen Neuanfang hatte nun ein Ende und wir waren am Ziel angekommen.

Neuanfang

Jetzt begann ein neuer Lebensabschnitt. Mein Vater suchte nun eine Wohnung in Essen.

Es war nicht so einfach, da alle Städte im Ruhrgebiet vom Krieg gezeichnet waren, so also auch Essen. Eines Tages wurden wir von einer Neuigkeit überrascht. Mein Vater hatte in Essen eine Wohnung gefunden. Unsere Freude war riesengroß. Es dauerte natürlich noch einige Zeit, bis er uns nachholen konnte.

Das Verabschieden im Lager fiel uns allerdings auch nicht leicht. Viele Monate waren wir ja zusammen und hatten gemeinsam schlimme Zeiten durchlebt.

Meine Schwester und ich konnten es uns gar nicht vorstellen, in einer großen Stadt zu wohnen. Schon auf der Fahrt in das Ruhrgebiet tat sich für uns eine neue Welt auf. Überall waren zerbombte Häuser zu sehen. Enttäuschung kam auf und unsere Freude wurde abermals getrübt.

Unsere Eltern merkten es natürlich auch. Sie versuchten uns zu erklären, dass die Häuser wieder aufgebaut würden und alle bereit sein müssten, beim Wiederaufbau mitzuhelfen.

Wir näherten uns der Stadt Essen. Aufgeregt standen wir am Fenster. Der Zug hielt und wir waren nun endlich in unserer neuen Heimat angekommen. Unser nächstes Ziel war der Stadtteil Margarethenhöhe. Obwohl viele Häuser zerbombt und die kleinen Straßen unbegehbar waren, zeigte sich der Ort sehr idyllisch. Alles grünte und blühte und wir freuten uns über die Schönheit der Natur. Die kleine Wohnung, die wir dann bezogen, gefiel uns sehr.

Endlich war wieder ein Schulbesuch möglich. Meine Schwester und ich wurden gut aufgenommen, obwohl wir Flüchtlinge waren. Schnell hatte ich eine Freundin gefunden.

Die Freundschaft besteht nach so vielen Jahren immer noch.

So langsam normalisierte sich das Leben. Aus den Ruinen erstanden neue Häuser. Die Straßen waren wieder begehbar.

Nicht nur eine neue Heimat wurde uns geschenkt. Nach einigen Monaten erblickte meine Schwester das Licht der Welt. Die Freude war natürlich riesengroß.

So langsam versuchten wir die schlimmen Erlebnisse zu verdrängen.

Eine sehr lange Zeit ist nun vergangen. Meine ehemalige Heimat habe ich auch einmal besucht. Die Enttäuschung war allerdings sehr groß, alles hatte sich verändert.

Heute wohne ich immer noch in Essen und möchte meine neue Heimat nie mehr verlassen.

Gedichte

Mein Ruhrgebiet

Wunderschönes Land an der Ruhr,
meine Heimat, gern wohne ich hier,
nicht nur Zechen, ringsum die schöne Natur
bei uns im Revier.

Viele Menschen besuchen das Ruhrgebiet
und sind begeistert von dem schönen Land.
Sehenswertes, wohin man sieht,
Essen wurde zur Kulturhauptstadt ernannt.

Große Städte laden ein,
zum Shoppen und vieles mehr.
Wie schön kann doch das Wohnen hier sein,
ich liebe meine Heimat sehr.

Ich habe das Glück in einem wunderschönen Stadtteil
zu wohnen. Die Margarethenhöhe wird auch die Gar-
tenstadt genannt. Schmucke Häuser, blühende Gärten,
überall grünt es wohin man schaut.

Die Margarethenhöhe
im Winterschlaf

Schneeflocken tänzeln
vom Himmel ganz leis,
bedecken Wald und Flur,
alles ist schneebedeckt und weiß,
wie wunderschön ist die Natur.

Die Sonne strahlt, welch idyllischer Ort,
schmucke Häuser, eingehüllt von
glitzerndem Schnee,
niemals möchte ich von hier fort,
Romantik überall, wohin ich auch seh.

Gerne denke ich an die schönen Jahre meiner Kindheit in Essen. Es sind viele Begebenheiten die mir in Erinnerung geblieben sind.

So fand in den großen Ferien ein Kinderschützenfest statt.

Ein König und eine Königin zogen mit ihrem Gefolge durch die Straßen. Ihnen folgten viele Gruppen wie Fliegenpilze, Sterntaler, Zwerge und viele mehr. Musik begleitete den Zug.

In einigen Straßen fanden auch noch kleine Schützenfeste statt. Für uns Kinder war es immer ein besonderer Tag.

Ein besonderes Ereignis war der Martinszug. Schon Tage zuvor waren wir beschäftigt unsere Laternen zu basteln. Die Eltern halfen uns dabei. Jede Laterne sah anders aus.

Endlich war der Tag gekommen und wir freuten uns schon auf den St. Martin.

Dunkelheit war eingekehrt und die Laternen leuchteten und strahlten uns an. Singend zogen wir durch die Straßen.

Zum Schluss bekam jeder einen Stutenmann und wir gingen fröhlich nachhause.

Es ist schön, dass dieser Brauch beibehalten wurde.

St. Martin

Laut ertönt das Martinslied,
Dunkelheit kehrt ein,
St. Martin durch die Straßen zieht
Strahlende Kinderaugen im Laternenschein.

Oben am Himmel leuchtet des Mondes Schein,
groß schaut er vom Himmelszelt,
die Sterne neben ihm strahlend und klein,
und die Herzen werden erhellt.

Es waren schöne Jahre die ich nach dem Krieg erleben durfte, doch vergessen kann ich die schlimme Nachkriegszeit nicht.

Unser Leben hat Höhen und Tiefen und das durfte auch ich erfahren.

Am Ende des Tunnels ist allerdings immer wieder Licht zu sehen.

Zum Schluss möchte ich noch einige Gedichte niederschreiben, die uns die schönen Seiten des Lebens zeigen.

Stunden des Glücks

Unser Leben schenkt uns nicht nur Sonnenschein,
der Alltag oft traurige Stunden bringt,
wir fühlen uns einsam und allein,
doch plötzlich fröhliches Kinderlachen erklingt.

Ein Glücksgefühl in uns erwacht,
traurige Gedanken werden verdrängt,
plötzlich auch noch die Sonne lacht,
uns werden immer wieder schöne Momente geschenkt.

Wir sollten dankbar sein für die Stunden des Glücks,
uns freuen an all diesem Schönen,
immer vorwärts schauen, nicht zurück,
Glück kann man nicht kaufen, uns nur danach
sehnen.

Erinnerungen

Gern erinnere ich mich an vergangene Zeit,
Erlebtes kommt mir in den Sinn,
ist es auch Vergangenheit,
im Herzen bleibt manches drin.

Viele Glücksmomente gab es in meinem Leben,
doch auch Zeiten, an die ich mit Wehmut denk,
wir müssen alles annehmen was uns wird gegeben,
unser Leben ist ein Geschenk.

Mondlicht

Der Abend neigt sich, Dunkelheit kehrt ein,
kühl wird es, und still um mich,
verschwunden ist der helle Sonnenschein,
der Tag plötzlich verändert sich.

Die Finsternis wird erhellt von des Mondes Schein,
groß und hell schaut er auf mich herab,
die Sterne neben ihm, strahlend und klein,
ein Glücksgefühl ich in mir hab.

Kerzenschein

Wenn einmal dunkle Stunden kehren ein,
und der Tag scheint trüb und leer,
wir fühlen uns einsam und allein,
kommt irgendwo ein Lichtlein her.

Die Kerze mit ihrem hellen Schein,
erhellt die Dunkelheit,
leuchtet in unser Herz hinein,
und vertreibt die Traurigkeit.

Chorgesang

Aus frischer Kehle erschallt ein Lied,
welch wunderbarer Gesang,
Fröhlichkeit durch die Lande zieht,
alles lauscht dem herrlichen Klang.

Singen öffnet unser Herz,
Jung und Alt hat Freude daran,
vergessen ist so mancher Schmerz,
die Musik zieht uns in ihren Bann.

Danke

Das Wort „Danke" ist wichtig in meinem Leben,
ich brauche es jeden Tag,
viel wird mir geschenkt und gegeben,
und ich dafür Danke sag.

Die Natur erfreut mich mit all ihrer Pracht,
sie ist ein großes Geschenk,
und gibt mir viel Stärke und Kraft,
auch dunkle Stunden verdrängt.

Freunde

Freunde zu haben ist ein Geschenk,
wir sind nie allein,
da ist immer jemand, der an uns denkt,
sollten wir mal in Nöten sein.

Freundschaften auch viel Freude geben,
man trifft sich und teilt Freud und Leid,
sie sind wichtig in unserem Leben,
in dieser ja so hektischen Zeit.

Zauber der Nacht

Alles ruht, die Nacht beginnt,
zu hören kein Vogelgesang,
ganz leise wiegen sich die Bäume im Wind,
verstummt ist jeglicher Klang.

Der Mond steht über uns mit seinem hellen Schein,
stets zeigt er ein neues Gesicht,
neben ihm die Sterne strahlend und klein,
ihr Leuchten die Nacht durchbricht.

Welch zauberhafter Anblick am Himmelszelt,
uns wird so viel Schönes geschenkt,
wie wunderbar ist unsere Welt,
manch traurige Gedanken werden verdrängt.

Zauberhafter Frühling

Die Natur ist aus ihrem Winterschlaf erwacht,
sie zeigt ein neues Kleid,
Knospen öffnen sich ganz sacht,
es beginnt eine wunderschöne Jahreszeit.

Vöglein jubilieren, sie zwitschern ein Lied,
Häschen spielen im Sonnenschein,
überall etwas wunderbares geschieht,
es kommt Freude auf bei Groß und Klein.

Drachenfliegen im Herbstwind

Die Drachen spielen im herbstlichen Wind,
von ihrem Anblick wir begeistert sind,
ihre Freiheit über uns ist grenzenlos,
Freude kommt auf, bei Klein und Groß.

Sie zeigen ihre Künste über dem gelben Stoppelfeld,
mal hoch, mal tief, wie es ihnen gefällt,
wenn dann auch noch die Sonne strahlt,
wird ihre Schönheit untermalt.

Winterromantik

Leise weht der Wind durch den Winterwald,
die Natur zeigt sich in einem neuen Kleid,
still ist es, kein Vogelruf erschallt,
es beginnt eine wunderschöne Jahreszeit.

Schneeflocken tänzeln vom Himmel ganz leis,
bedecken Wald und Flur,
plötzlich ist alles schneebedeckt und weiß,
wie schön ist unsere Mutter Erde nur.

Träumereien

Ich sitze im Gras und träume vor mich hin,
umgeben von blühender Pracht,
so manch freudige Gedanken kommen mir in den
Sinn,
über mir strahlend die Sonne lacht.

Vergessen sind alle Sorgen,
ein Lächeln in meinem Gesicht,
ich denke nicht an morgen,
denn irgendwo brennt immer ein Licht.

Urlaub am Meer

Die Wellen schlagen an den Strand,
leise streichelt der Wind meine Haut,
wohin ich auch schau nur weißer Sand,
hier und da wird eine Sandburg gebaut.

Sonne, Wolken, Meer und Wind,
wie schön ein Strandurlaub doch ist,
die Möwen ständige Begleiter sind,
den oft grauen Alltag man schnell vergisst.

Fröhlichkeit

Es sollte uns gelingen,
jeden Tag fröhlich zu sein,
ist es ein Lied das wir singen,
oder Freude über
den hellen Sonnenschein.

Fröhlichkeit gehört zum Leben,
und ist der Alltag auch mal trist und leer,
uns wird so viel Schönes gegeben,
und irgendwo kommt
immer ein Lichtlein her.

Gartenromantik

Ich sitze im Garten, umgeben von der schönen Natur,
Vogelgezwitscher, welch herrlicher Klang,
wohin ich auch schau, Romantik pur,
freudig lausche ich dem Vogelgesang.

Eine Vielfalt bunter Blumen strahlt mich an,
von ihrem Anblick ich begeistert bin,
sie ziehen mich in ihren Bann,
schöne Gedanken kommen mir in den Sinn.

Die Sonne strahlt und lacht mich an,
leise streichelt der Wind meine Haut,
über mir ziehen die Wolken ihre Bahn,
ein Kätzchen über den Gartenzaun schaut.

Die vier Jahreszeiten

Im Frühling erwacht die Natur,
der Sommer steht in voller Blütenpracht,
der bunte Herbst zeigt Romantik pur,
im Winter tänzeln Schneeflocken ganz sacht.

Mond, Sonne und Sterne zeigen sich zu jeder
Jahreszeit,
die Sonne freundlich und strahlend lacht,
sie hält viele schöne Stunden bereit,
der Mond und die Sterne erhellen die dunkle Nacht.

Strandurlaub

Sonne, Meer und weißer Sand,
der Sommer Einzug hält,
Jung und Alt tummeln sich am Strand,
Wolken wandern am Himmelzelt.

Fröhliche Menschen, wohin man schaut,
die Möwen ständige Begleiter sind,
überall werden Sandburgen gebaut,
und durch die Haare weht leise der Wind.

Glückliche Stunden

Um glücklich zu sein nimm dir stets etwas Zeit,
das Leben hält viele schöne Stunden bereit,
wenn uns auch einmal Schatten umgibt,
da ist immer jemand der uns liebt.

Jeder Tag uns etwas Freude bringt,
ist es ein Kinderlachen oder Vogelgesang erklingt,
wir müssen für Schönes öffnen unser Herz,
so wird verdrängt so mancher Schmerz.

Stolzer Schneemann

Mitten im Garten stolz der Schneemann steht,
ein Reisigbesen in der Hand,
auch wenn ein eisiger Wind mal weht,
er hält jedem Wetter stand.

Nur Sonnenstrahlen mag er nicht,
um seine Schönheit fürchtet er,
drum ist sein Feind das Sonnenlicht,
sein Freund der Frost, er liebt ihn sehr.

Lieder der Berge

Das Alphorn erschallt über Bergeshöhen,
alles lauscht seinem Klang,
die Bergwelt ist wunderschön anzusehen,
es ertönt fröhlicher Chorgesang.

Lieder sind zu hören von der schönen Natur,
von Romantik und einer heilen Welt,
erhalten müssen wir sie nur,
so wird unser Alltag erhellt.

Gartenfeste

Die Zeit der Gartenfeste beginnt,
das schöne Wetter lädt zum Grillen ein,
Freunde und Nachbarn eingeladen sind,
alle kommen gern, ob „Groß" oder „Klein".

Es wird erzählt, gescherzt und gelacht,
die Sorgen des Alltags jeder hinter sich lässt,
den Kindern macht es auch viel Spaß,
so freut sicher jeder über das gelungene Fest.